MW01119882

Les éditions la courte échelle inc.
Montréal • Toronto • Paris

François Pratte

François Pratte est né en février 1958.

Longtemps comédien-enfant, même lorsqu'il se crut enfin arrivé à l'âge adulte (avec un air si jeune!), François Pratte a joué dans une vingtaine de films et autant de téléromans et de pièces de théâtre. Quant aux messages publicitaires, il préfère ne pas les compter.

Devenu adulte pour de bon, il s'est vu offrir par Radio-Canada d'écrire et d'animer une émission de vulgarisation scientifique pour les enfants. C'était en 1985 et l'aventure de *La puce à l'oreille* dura quatre ans.

Depuis, la raison de vivre de François Pratte est l'écriture. Il fait des scénarios d'émissions de télévision et écrit des romans.

En 1989, il a reçu le Prix d'excellence de l'Association des consommateurs du Québec pour *Le secret d'Awa* paru à la courte échelle.

L'armée rose d'Awa est le troisième roman qu'il publie à la courte échelle.

Suzane Langlois

Née en 1954, Suzane Langlois étudie l'illustration et le graphisme à Hambourg, en Allemagne.

Puis, elle illustre des pochettes de disque, des romans et des manuels scolaires, entre autres choses. Elle a fait les dessins de son premier livre pour enfants pour une maison de Tokyo. Et elle travaille aussi pour différentes maisons d'édition du Québec, du Canada et d'Europe.

Entre ses nombreux voyages, elle a trouvé le temps de faire une exposition de ses aquarelles. Et pour s'aérer l'esprit, elle danse. Ça donne encore plus de mouvement à ses personnages.

L'armée rose d'Awa est le troisième roman qu'elle illustre à la courte échelle où elle a aussi illustré l'album *Les vacances d'Amélie*.

Du même auteur, à la courte échelle

Collection Premier Roman

Série Awa:

Le secret d'Awa
Awa dans le désert

Les éditions la courte échelle inc.
5243, boul. Saint-Laurent
Montréal (Québec) H2T 1S4

Conception graphique:
Derome design inc.

Révision des textes:
Odette Lord

Dépôt légal, 3e trimestre 1990
Bibliothèque nationale du Québec

Données de catalogage avant publication (Canada)

Pratte, François, 1958-

    L'armée rose d'Awa

    (Premier Roman; PR15)
    Pour enfants à partir de 7 ans.

    ISBN: 2-89021-130-4

    I. Langlois, Suzane.   II. Titre.   III. Collection.

PS8581.R37A85 1990   jC843'.54   C90-096119-8
PS9581.R37A85 1990
PZ23.P72Ar 1990

François Pratte

L'armée rose d'Awa

Illustrations
de Suzane Langlois

1
La lettre d'Awa

Sainte-Juliette, le 22 août

Salut papa! Salut maman!
Je vous écris, tel que promis!
Ici, chez Éliane, ça va très
bien. Aujourd'hui, on a cueilli
des carottes, des tomates et
quelques épis de maïs. Et son
immense jardin est vraiment à
elle toute seule!
Éliane est chanceuse de vivre
à la campagne.
L'année prochaine, à Mont-
réal, je veux avoir un potager
dans la cour. Éliane va me mon-
trer comment faire. Êtes-vous

d'accord?

Éliane a plusieurs animaux. Elle a une chatte et sept chatons qui sont nés juste avant que j'arrive. Ils sont assez beaux!

Elle a douze poules, j'ai même pris un oeuf encore tout chaud dans mes mains ce matin. Elle a aussi un chien, des cochons et j'en passe.

Sainte-Juliette est un beau village. Les gens sont gentils.

Bon, je vous laisse. On m'appelle pour aller manger.

Amusez-vous bien. Becs.

Awa

P.S.: Maman, n'achète rien pour l'école avant mon retour. J'irai avec toi.

Awa s'est promenée en Afrique, a voyagé en soucoupe volante. Elle est même allée dans le désert du Nevada. Mais dans une ferme à quarante kilomètres de Montréal... jamais! Avouez qu'il était temps!

Éliane, c'est sa cousine. Et comme Awa, elle est enfant unique et a dix ans.

L'air de la campagne va te faire du bien! lui avait dit sa mère avant son départ. Surtout avant l'année scolaire qui approchait à grands pas.

2
Des pelures
et des oeufs frais

Quand Awa descend à la cuisine, tout le monde est déjà à la tâche. Son oncle Robert prépare la viande. Éliane épluche des légumes et Suzanne les coupe.

— Veux-tu aider Éliane? dit Suzanne. Prends l'autre petit couteau. Et fais attention à tes doigts!

Awa en profite pour croquer une carotte.

— Regarde, Awa. Il y a deux poubelles. La petite rose, c'est pour les fruits et les légumes, et l'autre c'est pour le reste.

Un peu plus tard, Éliane et Awa transportent la petite poubelle rose derrière la grange.

— C'est pour nourrir les cochons? demande Awa.

— Non! C'est pour nourrir mes plantes.

— Ha! Ha! Très drôle.

Éliane soulève un panneau de bois. Et en dessous...

— Qu'est-ce que c'est? dit Awa en voyant le mélange de terre et de plantes décomposées.

— Du compost pour mon jardin.

— Du quoi?

— Compost. C-o-m-p-o-s-t.

— Quel drôle de mot!

— Après deux ou trois semaines, les légumes sont tout décomposés, ajoute Éliane.

— Ça pourrit?

— Bien non! Ça ne pourrit pas. Ça devient de l'engrais. Le compost, c'est de l'engrais.

Puis elle vide sa poubelle.

Qui aurait cru que les plantes d'Éliane avaient besoin de nourriture? Sûrement pas Awa.

***

Le lendemain matin, au poulailler, les poules accueillent Éliane et Awa. À cinq heures, elles caquettent déjà.

— Celle-là veut me picosser! dit Awa en approchant une poule à reculons.

— C'est Maggie. Elle a mauvais caractère. Elle se prend pour un coq!

Tout le monde est à la cuisine pour le petit déjeuner. Ça sent les oeufs dans toute la maison.

— Alors, ma chouette? demande Suzanne à Awa. Aimes-tu ça, la campagne?

— Je suis sûr qu'on se lève plus tard chez vous! dit Robert.

Lui et Suzanne sont fiers de leur ferme. Mais ça n'a pas été facile, au début.

— Tu sais, Awa, ajoute Robert, la terre est pauvre ici. Les générations passées l'ont usée.

— Ça veut dire quoi, «usée»?

— Ils ont trop pressé le citron, si tu préfères. La terre n'a pas eu le temps de se régénérer.

Et Suzanne enchaîne:

— Ça nous coûte plus de dix mille dollars d'engrais chimique par année. Tu sais ce que c'est dans un budget, ça?

Le reste du petit déjeuner se déroule presque en silence. Le chien dort. Le serin chante un peu. Awa regarde les champs et le jardin par la fenêtre. Chez Billy, c'était l'eau qui manquait*. Ici, c'est la terre qui est pauvre.

Robert explique:

— Tu sais, Awa, les engrais chimiques, ça ne vaut pas le compost. Il y a des êtres vivants essentiels à la terre là-dedans. Des insectes qui creusent des galeries pour l'aérer, des fourmis, par exemple.

Il se lève.

— On s'en reparlera. Il faut partir maintenant. Êtes-vous prêtes, les filles?

---

*Voir *Awa dans le désert*, chez le même éditeur.

3
Au marché

À Montréal, des dizaines de gens arrivent au marché. Ils viennent acheter des produits frais.

— Beaux légumes frais! crie Suzanne aux passants.

— C'est combien, le petit sac de carottes?

— Deux dollars et demi, monsieur. Le même prix pour le sac de tomates.

Une heure plus tard, c'est par centaines qu'ils arrivent.

Dans la petite section «Le potager d'Éliane», des gens tâtent les légumes pour en vérifier la fraîcheur.

Awa saute sur l'occasion:

— Les poivrons viennent du potager de ma cousine. On les cueille nous-mêmes.

Une dame à l'air snob semble en douter. Robert observe la scène. Awa ne veut pas rater une vente:

— Madame, ils sont très frais et ils poussent dans le compost!

La dame a maintenant les yeux bien grands. Robert sourit discrètement.

— Du vrai compost, jeune fille?

Éliane renchérit:

— Du vrai, madame. Ces poivrons-là sont plus chers, mais ils sont bien meilleurs!

Les filles se regardent d'un air complice.

— Combien? demande la dame.

— Un dollar chacun.

Les yeux de la dame s'agrandissent encore!

— À ce prix-là, j'espère qu'ils sont bons! J'en achète trois.

Éliane et Awa sont fières. Leur présentoir se vide. Toute la journée, les gens défilent. Parfois, ils prennent un légume et en font tomber d'autres en même temps... sans les ramasser!

Il faut aussi compter vite. Ici, ce n'est pas l'épicerie. Les clients donnent l'argent directement aux marchands. Éliane, qui est habituée, aide sa cousine.

Autour, il y a d'autres cultivateurs avec les mêmes légumes. La concurrence est forte.

Awa et Éliane s'arrêtent. Elles se promènent et regardent les autres kiosques.

— Éliane, as-tu remarqué? Tu es la seule à offrir des légumes enrichis au compost. Ça ne te donne pas une idée?

Les deux filles reviennent en courant. Awa prend un gros crayon-feutre et inscrit sur un carton: «Les seuls légumes au compost du marché!»

L'annonce est un succès. Au bout d'une demi-heure, tous les

légumes d'Éliane sont vendus. Même s'ils sont plus chers.

À la fermeture, les cultivateurs chargent leurs camions. Éliane et Awa font un dernier tour. Que c'est sale! Des légumes et des fruits écrasés partout. Les gens ne font pas attention!

Éliane a une idée.

— Awa, viens. On va chercher des boîtes.

— Des boîtes? Pour quoi faire?

— Devine!

Awa sourit. Elle a compris.

***

Sept boîtes de fruits et de légumes écrasés. Dans le camion, tous rient en se rappelant

les réactions des gens au marché.

Que peuvent-ils bien faire
avec ça? devaient-ils se deman-
der! Oui, en effet, que faire

avec autant de déchets végétaux? Le trou derrière la grange sera-t-il assez grand?!

**

À l'arrivée, on tente de vider les boîtes dans le compost. Il y en a trop. Il faudra agrandir le trou.

— Pourquoi ça ne pourrit pas? demande Awa à Robert.

— Dans le sol, Awa, il y a des millions et des millions de petits microbes. Il y a aussi des insectes qui bouffent les restes de légumes. En les mangeant, comme ça, ils les transforment.

Robert invite Éliane et Awa à mettre leurs mains au-dessus du compost.

— Sentez-vous la chaleur?

— Aye... C'est vrai! C'est chaud! dit Awa, excitée par la découverte.

— C'est le gaz carbonique qui s'échappe. Ce gaz est produit par les micro-organismes.

Awa soulève un peu de compost avec son pied.

— Awa, prends la pelle. On va aider les microbes à se reproduire. Tu vas retourner le compost pour l'oxygéner. Et dans quelques heures, il va y avoir des milliards d'autres microbes.

— Alors, on n'a qu'à mettre les restes de légumes dans un grand trou et le couvrir?

— Non! répond Éliane. Il faut mélanger ça avec de la terre, de l'engrais naturel et d'autre compost.

Et Robert ajoute:

— Les plantes ont besoin de certaines matières pour pousser en bonne santé. Si ces matières manquent, il faut en ajouter à la terre. Elles portent des noms compliqués comme «azote».

— Des produits chimiques! s'exclame Awa, un peu choquée.

Robert sourit.

— La chimie est partout.

— Partout? demande Éliane.

— Oui. La nature est comme un immense laboratoire de chimie.

Awa trouve ça drôle.

— Même dans ton corps, il y a des réactions chimiques! enchaîne Robert.

— Tu n'exagères pas un peu?

— Mais non, Awa! Quand tu manges, la nourriture est transformée dans ton corps. Ça te permet de grandir, par exemple!

Robert se penche et ajoute:

— Aidez-moi à remettre les planches sur le compost, les filles. On va laisser les bactéries faire leur boulot. Venez manger!

4
La tête dans le foin

Seules dans la grange, Éliane et Awa écoutent de la musique.

— Les légumes de ton jardin se sont bien vendus! dit Awa.

— Oui...

— Juste parce qu'ils poussent dans de la terre enrichie au compost. Tu te rends compte?

Silence. On n'entend plus que la musique.

— Éliane! J'ai une idée!

— Une autre?!

— Oui! Si tes parents mettaient du compost dans leurs champs au lieu de l'engrais chimique? Y as-tu pensé?

Du compost. Pas fou comme idée. Mais alors, il en faudrait beaucoup!

Awa ajoute, un peu pour convaincre sa cousine:

— Sais-tu combien de familles vivent dans mon quartier?

***

Dans la maison, Robert et Suzanne lisent. Les filles arrivent en trombe, excitées.

— Papa, Suzanne! On a une idée!

Awa explique. À tous les gens de son quartier, elle demanderait de mettre les déchets végétaux de côté. Robert n'aurait qu'à les ramasser avec le camion.

Suzanne sourit de la naïveté d'Awa. L'idée est trop simple pour être réalisable.

— Imagines-tu, Awa? Un petit trou pour le potager, ça passe encore. Mais faire du compost avec les déchets de milliers de familles... Tu rêves en couleurs!

Awa n'est pas convaincue.

— S'il y a beaucoup de compost, ça coûte moins cher d'engrais chimique!

Robert lui lance un regard d'adulte-qui-sait-tout:

— Bravo pour tes bonnes idées, Awa! Tu vas aller loin! Mais la réalité est plus complexe que ça. Comprends-tu?

5
Opération
«Quartier rose»

Dès le début de l'année scolaire, Awa n'a qu'une seule idée. Elle veut récupérer les déchets végétaux de son quartier.

Elle réussit à former un comité. Il y a son père Maurice et sa mère Djénéba. Et aussi le conseiller municipal, le député, le directeur de l'école, son professeur et un agronome.

Ils étudient la question: «Peut-on récupérer les déchets végétaux et les recycler?» Quelques jours plus tard, ils font une autre réunion. Cette fois avec Robert et Suzanne.

Puis une autre. Et encore une autre.

Que peuvent-ils bien se dire lors de toutes ces rencontres? Ils «analysent» ensemble les «implications» du «projet» pour la «collectivité» en tenant compte du «budget municipal».

Ouf! Que de complications!

Enfin, Awa comprend le sens de l'expression «Je suis en réunion.» Elle l'a si souvent entendue dans les conversations!

Et après plusieurs semaines, le projet prend forme.

***

Ville de Montréal
Bureau du maire

Le 3 octobre

Mademoiselle Awa Leboeuf
3727, rue des Roses
Montréal

Chère Awa,

La ville a besoin de citoyennes

comme toi. Je t'appuie entièrement dans tes démarches.

Le service de la voirie aidera la ferme «Sainte-Juliette». Il mettra à sa disposition deux employés et un camion rose spécialement conçu pour récupérer les déchets végétaux.

Bref, ton initiative est un succès. L'opération «Quartier rose» démarre le 17 octobre prochain.

Notre service de relations publiques organisera bientôt une conférence de presse.

À bientôt, donc.

Le maire de Montréal

P.S.: Tu peux féliciter la ville pour sa vitesse exceptionnelle, sinon historique, à mener ce dossier à bon port.

***

17 octobre. Date à retenir dans le quartier d'Awa. Depuis une semaine, chaque famille possède sa petite poubelle rose.

Des avis ont paru dans le journal du quartier. Dans les écoles aussi. Partout, quoi!

L'opération «Quartier rose» débute à huit heures trente.

Pendant qu'Awa est à l'école, le camion rose doit passer par toutes les ruelles du quartier.

Par malchance, ce jour-là, il pleut abondamment. Les deux employés attitrés à cette tâche font leur travail en courant.

Des poubelles roses s'alignent le long des ruelles comme

des lampadaires. D'autres ont été renversées par des chats. On les vide dans le camion une à une.

CLING! CLANG!

La cueillette prend fin vers midi. Pour l'instant, tout semble être un succès. Mais...

***

Quatorze heures. La pluie a cessé.

À Sainte-Juliette, le camion déverse son chargement dans un immense trou tapissé de vieilles branches et de terre noire. Comme celui qu'Éliane avait fait derrière la grange pour son compost. Mais en plus grand.

C'est un jour important pour

Robert et Suzanne. Mais l'accueil exalté qu'ils font au camion laisse vite place à du dépit.

En plus de vieilles boîtes de conserve et de verre cassé, les déchets renferment des restes de viande. Des torchons. Et même des pots de peinture.

Personne n'avait prévu le coup. Car la viande risque de pourrir dans le sol au lieu de se transformer en compost. Quant aux torchons et pots de peinture... Difficile de les imaginer

comme engrais de jardin!

Des spécialistes du ministère de l'Environnement viennent évaluer la situation. On trie les déchets. Faut-il abandonner le projet? Le rêve d'Awa est-il vraiment réalisable?

6
Remue-ménage
à l'école d'Awa

L'opération «Quartier rose» est la fierté de l'école d'Awa. Mais personne n'a apprécié l'échec de la première cueillette.

Dès le lendemain matin, les cours sont suspendus. Tous les élèves se rassemblent dans le gymnase de l'école. Aussi bien les plus jeunes de la première année que ceux de la sixième.

Le directeur est le premier à prendre la parole.

— Croyez-vous à un quartier rose? demande-t-il d'une voix forte.

— Oui! répondent-ils en

choeur.

— Alors, il faut faire quelque chose!

Awa met ensuite le micro en marche et prend la parole à son tour.

— J'ai parlé à M. le Maire, hier soir. Il m'a rappelé que c'était une expérience. Si ça ne marche pas la prochaine fois, la ville va y mettre fin.

On entend aussitôt un chahut général. Awa essaie de parler, mais sans succès. Les professeurs réussissent à calmer la salle. Un garçon lève la main.

— Qu'est-ce que tu veux qu'on fasse, Awa? Ce n'est pas notre faute!

— On va se monter une armée, répond Awa.

— Ha! Ha! Ha!

Tout le monde a ri, sauf le directeur. Il connaît les intentions d'Awa. Elle poursuit.

— Si les autres écoles du quartier sont d'accord, on va former des brigades.

— Et on va porter des casques de soldat? lance une fille pour se moquer d'elle.

— C'est une bonne idée, Sophie! lui répond le directeur. Des casques roses! Qu'en pensez-vous, les autres?

— C'est quoi, une brigade?

— C'est un groupe de soldats, Benoît. Nous sommes en guerre contre... euh!...

— Les poubelles «contaminées», Awa! lance un professeur avec enthousiasme.

7
Les brigades roses

24 octobre. Deuxième cueillette. Cette fois il fait beau et le temps est doux. C'est plus gai.

La brigade d'Awa est prête pour la bataille. Les régiments de toutes les écoles du quartier connaissent le mot d'ordre: «Les poubelles contaminées, à la poubelle!»

Par petits groupes de trois, les «casques roses» parcourent les ruelles du quartier.

Chaque poubelle est examinée. On la secoue et on en remue le contenu avec un bâton.

Si elle passe le test, on la referme et on ouvre la suivante.

Si elle est refusée, la poubelle est scellée, étiquetée «contaminée», puis remise dans la cour. Ensuite, on y colle ce message:

Madame ou Monsieur,

Votre participation à l'opération «Quartier rose» est fort appréciée.

Mais elle le serait davantage si vous mettiez seulement des déchets végétaux dans la poubelle rose. Par exemple, les feuilles mortes et les peaux de bananes.

Merci de votre compréhension.

Les élèves de votre quartier

***

Awa, Sophie et Benoît parcourent la rue des Sapins. Plusieurs familles ont oublié de sortir leurs poubelles roses.

— Est-ce qu'on sonne? demande Benoît.

— Le directeur n'a rien dit à ce sujet, répond Sophie. Qu'est-ce qu'on fait, Awa?

— On peut toujours essayer...

Benoît cogne à une porte.

— Pardon, monsieur... dit-il timidement à un homme encore en robe de chambre.

— 🐟🐡 🐑🐢 ✳️🏵️🕯️🖊️🐌🪐🐢 👉🖊️〰️ 🚚🐢〰️ 🪐🐢🐡〰️ 🐕 ☆ ➡️🐢🕯️🕯️🐢〰️ ✳️🕯️ ◎🖊️⚓🖌️ 🐡◧ ◎🐡🐟🐡 👉🐢⚓🖌️⚓🐚*

Et il leur ferme la porte au nez.

Un peu plus loin, il manque d'autres poubelles. Awa hésite. Puis elle sonne. Personne ne répond. Sauf un chien qu'on

*On ne dérange pas les gens à 8 heures du matin, mon petit!

peut entendre aboyer.

— Viens, Awa! lui dit Sophie, un peu gênée.

Elle sait bien qu'on ne sonne pas chez les gens comme ça... C'est imprudent! Et impoli!

Trop tard. On répond.

Une jeune femme sourit à Awa en voyant son casque rose.

— C'est la semaine prochaine, l'Halloween, ma grande. Pas aujourd'hui!

— Je viens pour la poubelle rose.

— Quelle poubelle rose?

— Ah! Vous n'en avez pas entendu parler?

— Non...

Sur ce, Awa lui remet un dépliant de la ville qui explique le projet «Quartier rose». Puis elle raconte la cueillette de la

semaine précédente.

Très enthousiaste, la jeune femme promet d'encourager Awa et ses amis. La journée même, elle va se procurer une poubelle rose à la voirie.

— Seulement des déchets végétaux! ajoute-t-elle pour rassurer les trois casques roses.

— Bonne journée, madame. Et merci!

***

Quelques-uns arrivent à l'école en retard. Mais au moins, l'opération a réussi. Dix-sept poubelles roses «contaminées» ont été repérées et scellées.

Awa est vraiment contente. Elle sourit en pensant à son oncle qui lui disait:

— Continue à rêver, Awa. C'est de ton âge. Mais n'oublie pas que la vraie vie n'est pas aussi simple!

Eh bien, l'oncle Robert s'était trompé! Après l'Halloween, que feront les gens avec les citrouilles, croyez-vous?

8
Des clients
très spéciaux

Venez voir mes légumes! Ils sont beaux et frais! Dépêchez-vous, l'automne s'achève...

Suzanne est heureuse. La ferme termine sa saison avec succès! Elle et Robert ont tant de projets pour l'année prochaine.

Leur kiosque au marché sera plus grand. Et le potager d'Éliane aura encore une place privilégiée. Après tout, c'est un peu grâce à leur fille s'ils produisent aujourd'hui du compost!

La publicité autour de leur

ferme les a rendus très popu-
laires au marché. Combien
de fois par jour entendent-ils:
«C'est vous qui prenez nos
déchets?»

Occupés à servir leurs clients,
Robert et Suzanne ne voient
rien d'autre. Ils ne se rendent
pas compte que dans l'allée il y
a un attroupement. Pas très loin.

Curieusement, deux person-
nes célèbres ont décidé de faire
leur marché. Au même endroit.
Au même moment!

Et par-dessus le marché, Awa
arrive, avec Maurice et Djénéba!
Robert aperçoit Awa d'abord.

— Tiens! C'est Awa!

Suzanne aperçoit le Maire
qui se présente à son kiosque...

— Tiens! C'est M. le Maire!

Et Awa aperçoit le Premier

ministre qu'elle n'avait pas vu depuis son retour d'Afrique*!

— Monsieur le Maire, dit Robert, je vous offre ce sac pour vos plantes. C'est de l'authentique compost à base de déchets

*Voir *Le secret d'Awa*, chez le même éditeur.

de votre ville. Les plantes en raffolent. C'est garanti!

Suzanne en offre un au Premier ministre.

La suite fait partie de la petite Histoire de Sainte-Juliette. Cet après-midi-là, Robert et Suzanne ont de la visite.

Dans leur maison de campagne, ils reçoivent le Maire et le Premier ministre. Accompagnés de leurs familles. Sans oublier Awa, Maurice et Djénéba!

Table des matières